U0028007

什麼都有書店

文・圖 吉竹伸介　譯 王蘊潔

suncolor
三采文化

「什麼都有書店」
位在那個城鎮的偏僻角落。

這家店專門賣「關於書籍的書」。

只要問書店老闆：
「請問有沒有關於○○的書？」

权权通常會回答：「有啊！」
然後從後方的書架上找出那本書。

今天也有很多客人，因為各式各樣不同的理由，
來到這家「什麼都有書店」，尋找他們想要的書。

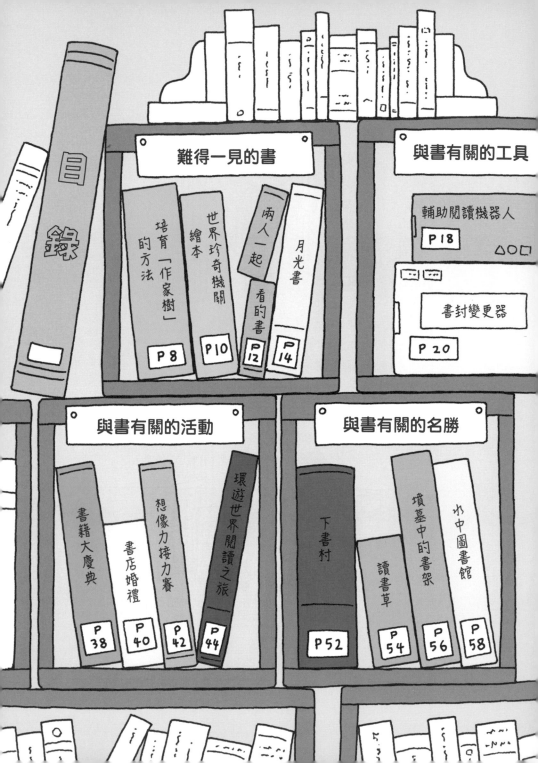

目錄

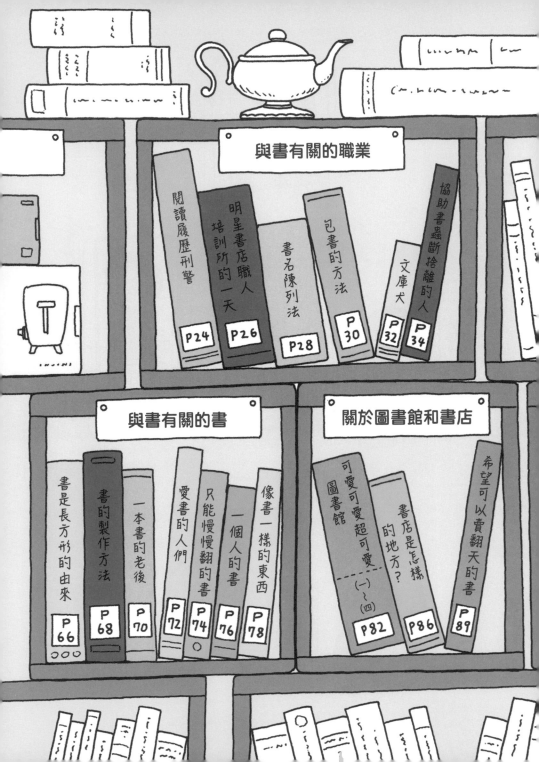

對不起，打擾一下。

請問…我想找
「難得一見的書」…
有這類的書嗎？

喔！
有啊！

嗯⋯⋯我來找一找。

你看看這幾本書可以嗎？

至於這幾本書
到底是什麼內容⋯

培育「作家樹」的方法

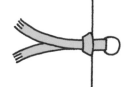

1. 把種子夾在自己喜歡的書裡，然後埋進土裡。

2. 好好照顧這棵樹，每天讀各種不同的書給它聽。

3. 到了每年「閱讀之秋」，樹上就會長出各種書。
   （有些樹要花好幾年的時間才會長出書）

4. 雖然照顧作家樹很耗費時間，但只要悉心照顧，
   就可以長出好書。

今年的推理小說是十年
難得一見的大豐收！

5. 如果不小心稱讚其他的
   樹，作家樹就會鬧彆扭，
   不再長出書。

慘了！

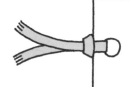

世界珍奇機關
繪本

• 突然蹦出來的繪本 •

• 瞬間溶化的繪本 •

• 突然跑走的繪本 •

• 開始吃東西的繪本 •

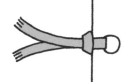 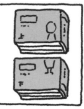

兩人一起看的書

1. 這本書分為上冊和下冊。

2. 上冊和下冊中，分別只寫了上半部分和下半部分的內容，所以必須把兩本書放在一起時，才能夠閱讀。

上冊

下冊

3. 這是為了讓兩個人
   像這樣一起閱讀的書。

《戀愛雙人》上冊、下冊

4. 在這個系列中,以兩人一起閱讀為
   前提的內容更受歡迎。

《上司和下屬的理想關係》
上冊、下冊

5. 也準備了適合闔家閱
   讀的商品(上、中、
   下冊組)。

《親子三人遊》
上冊、中冊和下冊

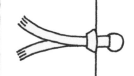

月光書

1. 這是用大約70年前，偶然發現的「只會對月光產生反應，發出微光的特殊油墨」印刷的書。

2. 所以，在白天或是電燈下，書頁看起來就是一片白色。

真的耶！

喔！

今天感覺有希望！

3. 只有在明亮的滿月夜晚，
   在月光下才能看到書上寫
   了什麼。

月光書的內容包括了古今
中外，有關月亮的傳說、
小故事和詩歌。

4. 使用相同特殊墨水的「月光筆」
   （另售），就可以寫下「只有在
   月光下才能看到的字」。

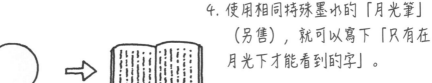

5. 雖然在弦月的夜晚也可以看到書上的
   內容，但並不是所有的字都會發光。

嗯……

那我要買這本書。

謝謝惠顧。

那現在……

……

啊，歡迎光臨。

請問，可以
打擾一下嗎？

有那種『與書有關
的工具』的書嗎？

有啊！

不知道這些
是不是合你的意。

嘿喲！

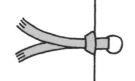

輔助閱讀機器人

讓你的閱讀更加美好！

「閱讀機器人」
新上市！

具有各種
便利的功能！

☆ 在人多嘈雜的地方
　　會塞住耳朵

☆ 可以激勵人心

你都已經看這麼
多了，繼續加油！

只剩下一點點
而已啊！

☆ 打瞌睡時會叫醒你

喂！

這樣眼睛
會壞掉！

喂喂喂！

你會把書壓壞啦！

☆ 聆聽你的閱讀感想

原來是這樣啊…

☆ 附書籤功能

但十年後看的話，
應該會覺得很有意思吧？

書封變更器

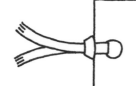

1. 突然有客人要來家裡！但如果被朋友看到家裡這些反映自己內心渴望的書，實在太丟臉了！

這種時候……

只要放進書封變更器…

滋滋滋滋滋…

喀叮！

只改變書封，可以將書名和設計改成看起來是聰明人會讀的書。

2. 可以自由選擇要改變成什麼風格和形式。

大快朵頤
吃不停
身材照樣
變苗條

→

Diet Right
for Your
Personality
Type

外文書風格

成為把妹
高手的50大
最強招式

→

如何將魅力
最大化和
驗證實例

商業風格

泳裝偶像
大集合！

→

藝術風格

哇，原來你是個
愛看書的人。

歡迎妳
來我家。

想要
馬上換
工作的人
必讀聖經

→

尋找
新的風景

文學風

3. 也可以用來改變不方便
在公開場合看的書封。

謝謝惠顧。

好了，現在……

啊，請說！

請問……

22

請問有「與書有關的
職業」的書嗎？

當然有啊！

不知道這些書
中有沒有你想
要找的？

閱讀履歷刑警

能夠掌握嫌犯平時看哪些書，憑著這種超能力破案。

......

我可以看到他的書架…

你怎麼會知道我在這裡？

你上個月是不是看過《精選日本百大懸崖》這本書…

可惡…

我知道你到目前為止看過的所有書。

住手！

否則你就需要看
《殺人罪Q&A》了！

你要努力回想當初看《父親的心得》
這本書時的心情！

你曾經看過《一步登天》五次，
一定可以重新做人…

喜歡看書的人不可能
壞到哪裡去…

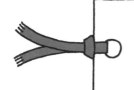 # 明星書店職人培訓所的一天

AM 5:30 起床

AM 6:30 做書店職人體操

AM 7:00 早餐兼推車馬拉松

AM 9:00 訓練遮住眼睛包書套

PM 1:00　午餐兼平衡訓練的同時，
　　　　整理出貨單和訂購單。

PM 4:00　訓練分別根據上市日期的
　　　　先後順序、出版社的順序
　　　　和暢銷度排書

PM 7:00　晚餐兼寫POP訓練
　　　　（用重達5公斤的
　　　　麥克筆寫）

PM 9:00　自由活動時間

PM 11:00　就寢

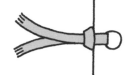

書店職人提升技能訓練
書名陳列法

《近代社會的不安定自我》
全6冊

《構造與強度之實例》
全9冊

《以循環型社會為目標》
全9冊

《輕鬆戶外活動入門》
全5冊

《親子一起做伸展體操！》
親篇・子篇

《推倒骨牌大全：
歷史和記錄》
全28冊

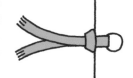

書店職人提升技能訓練
包書的方法

謝謝，我來為您包書。

請問您是自己看嗎？
或是可以選其他
包裝方式…

我要買這本書。

用包裝紙和緞帶

（禮物專用）

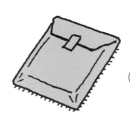

用紙袋

（自己看）

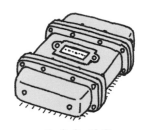

用時光膠囊

（千年後的人類專用）

用麻繩

（醉鬼專用）

用生派皮

用毛線

用香蕉葉

用浮板夾住

用棒球手套

用響板

用營養午餐袋

3-4

用麵粉、雞蛋
和麵包粉

用鰻魚

店長心血來潮
的包裝

用鮭魚

綁在身上

嗯，有啊。

請問有沒有
可麗餅的皮呢？

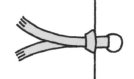

文庫犬

1. 據說原本的目的是輔佐災難救助犬，
   讓牠帶著書上路，在等待救援隊抵達
   期間提供娛樂。

2. 目前的主要任務是尋找獨居
   老人，和其他和社會關係疏
   離的人，為他們提供娛樂。

3. 優秀的文庫犬可以挑選出那
   個人最需要的書籍類型，送
   到那個人手上。

4. 培養文庫犬需要各種知識和
   技術，聽說大部分都是「喜
   歡狗的前書店店員」。

5. 以前除了文庫犬以外，
   「文庫鴿」也很活躍，
   專門將書送給住在國界
   邊境地區的人。

協助書蟲
斷捨離的人

…你的所有藏書都很出色。

你是誰？

…但一直堆在這裡，
書會受到損傷…

…忘了自我介紹。
我是「好品味書架保管財團」
的業務。

我們可以將這些代表「你的品
味」的書籍，連同書架一起，
保管在最理想的環境。

你比任何人更充分瞭解「書」。
這些書也為能夠成為你的藏書感到自豪。

為了這些可愛的書著想，你是否願意把它們交給我呢？

…好…
那就拜託你了…
每一本書都
很棒…

謝謝惠顧。

這是收據。

託你的福，
家裡真的
變乾淨了！

這個決定
是對的…

噗～

體貼藏書人的心
是我們的最高原則

全心為你
♥ 二手書流通 ♥

△△△-××××-○○

謝謝惠顧。

呼~ 喘口氣。

啊,不好意思。

是！

請問這裡有
「與書有關的活動」的書嗎？

當然有啊！

來！你看看想要
哪一本？

書籍大慶典

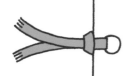
二手書大道

每年一度，各地的二手書店會用二手書製作成「行動書籍花車」，在街上遊行。將針對書架的造型、選書品味和人氣指數等進行投票，投票結果將決定翌年遊行隊伍的排序。

| 追春 | 整個城鎮上的中學男生搶奪一本偶像寫真集的競賽。

搶到的勝利者，可以將那本書收藏在自己家中整整一年。

哪裡有不看書的小孩？

你說說看這本書在說什麼？

| 讀讀鬼 |

據說是家長會的會長擔心現在的年輕人越來越不看書，而推出了這項活動。

關於這個活動的效果，每年都會爭論不休。

書店婚禮

1. 喜歡書籍的新人，選擇在書店
   舉行婚禮。

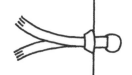

紅包是圖書禮券。

2. 新郎、新娘進場。

3. 介紹兩位新人看過的所有書籍。

4. 重現「相遇的瞬間」。

5. 在親戚長輩致詞時，
　　可以看自己喜歡的書。

在我們那個
年代…

6. 夾書籤儀式

7. 朗讀《致父母的信　例文集》

8. 拋文庫本

9. 由書店店長主持宣誓

請問兩位願意
包書套嗎？

我願意！

10. 新郎新娘送客

橡皮圈

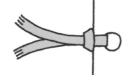

想像力接力賽

1. 去二手書店買一本「不知道是哪個年代，也不知道是用哪一種語言撰寫，但感覺很有趣」的書。

2. 把這本書拿給很多人看，請他們發揮想像力，問他們：「你覺得這是什麼書？」

3. 請他們發揮想像力，
　　寫下關於這本書的介紹。

4. 把這些「書介」蒐集起來，翻譯成
　　「全世界任何地方都沒有的語言」，
　　裝訂成一本書。

5. 賣去二手書店。

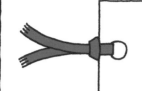

環遊世界
閱讀之旅

在特殊的密閉艙內悠閒
看書，環遊世界。

可以同時享受美景
和閱讀樂趣。

歡迎歸來。請問旅行愉快嗎？

啊…我專心看書，
完全沒有看外面。

謝謝惠顧。

啊呀呀……

請問可以在書店
吃東西嗎?

啊,不行!對不起!

請問這裡有「與書有關的名勝」的書嗎?

當然有啊!

看看有沒有
你喜歡的吧?

下書村

1. 每到這個季節，這個地方就會有許多書從天而降。

2. 因為書越下越多，所以必須定期清除。

3. 否則甚至會走不出家門。

4. 雖然也可以把書當成燃料,

或是用來蓋房子。

但大部分書都會運去村莊
角落的懸崖, 把書倒下
懸崖。

文庫年 →
雜誌年 →
圖鑑年 →

5. 每一年下的書籍種類都不
   同, 形成了不同的地層。

6. 有人千里迢迢來這裡自由取書。

   每年都要援救2~3
   個夾在地層內的人。

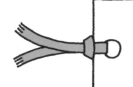

1. 在那個地區最有名的現象，就是每隔5年便有一次，
   所有動物都開始看書的「閱讀潮」。

2. 只生長在那個地區的「讀書草」，也是每隔5年開一次花，而且兩者的時期重疊，所以相關人員持續研究，「閱讀潮」是不是那種花的花粉或是香氣造成的。

讀書草的花

3. 但是，當「讀書草」的花枯萎之後，反而會造成「不想看書」的現象，而且這種現象會持續兩個月。

4. 由於研究人員也不再看書，所以這項研究每次都中斷，至今仍然無法瞭解真相。

《在水邊》
出版紀念
岸川老師簽書會

5. 不同的生物喜歡的書籍也有不同的傾向。

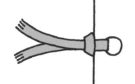

墳墓中的書架

1. 每年都會來掃墓一次。只有這一天，墳墓的墓碑可以打開。

2. 墓碑裡面是書架，書架上有許許多多的書，都是死者生前喜歡閱讀的書、受到很大影響的書，或是希望心愛的人閱讀的書。

3. 從書架上挑選一本，
   放進自己的皮包。

4. 然後把從家裡帶來的「希望
   和天國的家人分享、這一年
   最推薦的書」放進書架。

5. 關上墓碑的門，為死者祈禱。

6. 對包裡的那本書充
   滿期待，踏上回家
   的路。

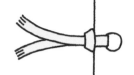

水中圖書館

很久很久以前，曾經有
一個家財萬貫的大富翁。

他非常非常喜歡看書。

他在晚年的時候，
在一片谷地建造了
一座很高的圖書館。

他收藏的古今中外各種書
籍，放滿了整座圖書館。

圖書館蓋好之後，他下令拆
除所有的樓梯和梯子。

在他死後，這片谷地開始積水，
水位逐漸上升。

至於大富翁當初是否
料到這一點，眾說紛紜。

這座圖書館成為「水中圖書館」，
在一部分愛書人士之中小有名氣。

目前還無法拿下閱讀

可以閱讀
的書

再也無法閱讀了

沉入水中的書再也無法閱讀了。

上方書架太高,所以還無法把
書拿下來閱讀。

每年的水位都在上升,所以總
有一天,可以拿到最上面書架
上的書。

不知道「他」在最上面的
書架上究竟放了什麼書。

當地人三不五時會討論
這個話題。

路上請小心。

喘口氣。

是。

請問一下～

是！歡迎光臨。

請問⋯

請問有「與書有關的書」嗎？

當然有啊！

請問你對這
幾本書是否滿意？

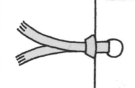

書是長方形的由來

1. 很久很久以前，書有各種各樣不同的形狀。

2. 有一個國家的國王，愛上了鄰近國家的公主，但他很膽小，不敢和公主說話。

3. 在某一年的派對上，公主主動和國王聊天，這是他們第一次說話。

「你這顆長方形的鈕扣真可愛！」

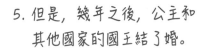

4. 「原來公主喜歡長方形的東西！」
國王這麼想之後，把自己身邊以
及全國的物品都變成了長方形，
希望公主可以愛上自己。

5. 但是，幾年之後，公主和
其他國家的國王結了婚。

沒想到，那個國王的臉
很圓。

6. 之後，國王的國家越來越強大，
全世界的書也都變成了長方形。

「請問為什麼要規定書是長方形
的？」每次有人問國王，國王就
扯出各種理由，但從來沒有說出
真正的原因。

書的製作方法

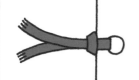

1. 把紙、文字、照片和圖片各種
   材料混合在一起，製作成書的
   原料，稱為「書柱」。

2. 用機器轉動「書柱」，
   同時用刀削成薄片。

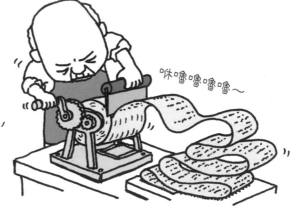

啵嚕嚕嚕嚕～

3. 將薄片折疊起來。
(這是最困難的工序)

撲通

4. 將其中一側塗上黏膠。

喀嚓

5. 將另一側切整齊。

6. 包上書封就完成了。

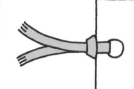 # 一本書的老後

1. 看完的書和破掉的書，都會送到「書籍回收中心」。

2. 在「書籍回收中心」，書籍被分類成各種不同的元素。

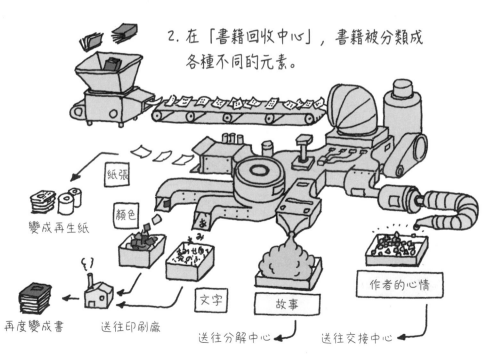

紙張

變成再生紙

顏色

再度變成書　　送往印刷廠　　文字　　故事　　作者的心情

送往分解中心　　送往交接中心

3. 「故事」被送到分解中心之後，繼續分
   解成更細的「心情」。

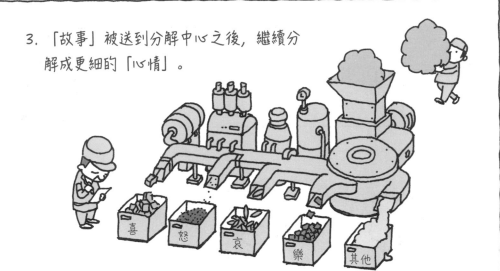

4. 將這些「心情」從空中灑下

灑在街角　　　或是混在調味料裡

重新融入社會之中。

5. 專業人員會偷偷地把「作者的心情」
   交給具有潛力的「未來作家」。

刺刺的

噗滋

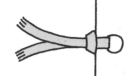

愛書的人們

你有什麼興趣愛好嗎?

啊,我喜歡書。

所謂的「喜歡書」,其實包括各種不同的行為。

嗅～

• 有人喜歡聞書

• 有人喜歡把各種東西夾在書裡

• 有人喜歡偷看別人的書

• 有人喜歡把書堆高高

• 有人喜歡讀書

• 有人喜歡無止境的蒐集書

• 有人喜歡說「我喜歡書」

• 有人喜歡為書裝上
輪子後，讓書滾動。

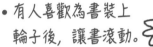

• 有人喜歡為
書穿上衣服

• 有人喜歡咬書籤線

• 有人喜歡把書放在身上

啊！你也是
咬咬派嗎？

喔？
你也是？

• 有些人喜歡
拿著書跳舞

只能慢慢翻的書

1. 目前無法瞭解這本書是什麼時候
   寫的，書的保存狀態也非常差。

2. 因為使用了特殊的油墨，
   所以紙都黏在一起，如果
   不慢慢翻就會撕破，無法
   翻過那一頁。

   翻頁的速度很緩慢，
   一年只能翻一頁。

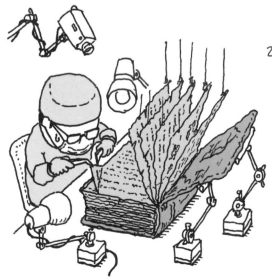

3. 用獨特語言寫的這本「未來書」中，相當正確地記錄了到目前為止，在世界上所發生的事。

4. 按照目前翻頁的速度，差不多在50年後，可以翻到寫著「未來事件」的那一頁。

5. 根據這本書的厚度，很可能寫了2000年後發生的事，所以大家都希望提升翻頁速度的技術可以更加發達。

撕破

啊～好煩喔！

真想乾脆全都撕光光！

6. 「翻頁」是一項壓力超大的工作，聽說再怎麼小心謹慎的人，最多只能翻5年。

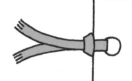

一個人的書

1. 那位老爺爺每天早晨起床後，就出門去散步，然後撿一塊石頭回家。

2. 他一整天都打量那塊石頭，為石頭取名字，構思以那塊石頭為主角的故事。

3. 到了晚上，就把那塊石頭的背景資料、素描和故事寫在筆記本上。

4. 隔天早晨，再把那塊石頭放回原來的地方。

5. 然後再撿另一塊石頭回家。

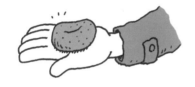

6. 厚厚一疊筆記本，最後變成了一本書。

7. 這是一本只屬於他的「書」，在他死後，按照他生前的希望，和他埋葬在一起。

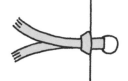

像書一樣的東西

1. 我們是像書一樣的東西。

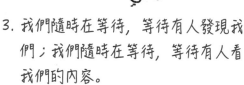

2. 每個人有各自的故事，只看一眼並無法完全瞭解內容。

3. 我們隨時在等待，等待有人發現我們；我們隨時在等待，等待有人看我們的內容。

4. 雖然有的受歡迎，有的不受歡迎，但只要有美好的相遇，就可以對別人的人生產生某些影響。

5. 只要有美好的相遇，就可以和別人一起共享閃亮的瞬間。

6. 體積很占空間，重量也很重。很怕火，也很怕水，很容易褪色，變得皺巴巴。

7. 雖然物體的壽命是有限的，但精神可以永遠流傳。

8. 而且還有很多還沒看的新書，讓世界變得更豐富。

9. 所以，我們⋯

很喜歡書。

拿下來

謝謝光臨,
歡迎下次再來。

好了, 現在…

啊, 你好～

你好～

我想問一下，
有「關於圖書館和書店」
的書嗎？

是，當然有！

希望這裡有
你想找的書…

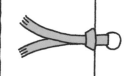

可愛可愛超可愛
圖書館（一）

在某個人家裡書架上的書，只屬於那個人，但圖書館裡的書，分別擁有自己的夢想。

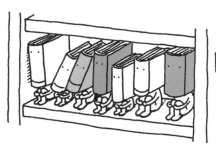

「也許可以對別人有幫助。」

「也許可以為別人帶來快樂，帶來勇氣，也許可以安慰別人。」

「也許可以讓某個人和某件事，或是讓某個人和另一個人產生交集。」

在有人拿起這些圖書館書架上的書閱讀之前，每本書都把夢想藏在書頁之間。

這些書今天也靜悄悄地在書架上等待。

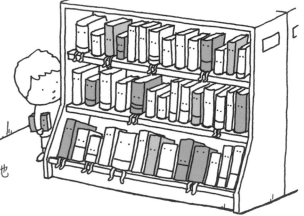

可愛可愛超可愛
圖書館（二）

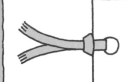

古今中外，發明「圖書館」
的那個人想出這個點子時，
一定都興奮得不得了。

他們一定是想創造一個「任
何人都可以盡情地閱讀世
界各地的知識和故事的地
方」，而且也確信「大家一
定會感到很高興」。

「天底下很少有這麼棒的主
意！」那天晚上，一定興奮
得睡不著覺。

可愛可愛超可愛
圖書館（三）

很想問回到圖書館的那些書，
借書的人是怎樣的人？
有沒有好好讀你？

有沒有邊讀邊笑？邊讀邊哭？

他們家裡有哪些書？

下一次希望怎樣的人
把你借回家讀？

但是，書都很有分寸。

噓～

噓～

總是什麼都不說，
默默地回到圖書館。

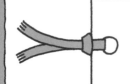

可愛可愛超可愛
圖書館（四）

圖書館是現在活著的人，和以前曾經活在世上的人相遇的地方。

圖書館是想要一個人安靜的人去的地方，也是「既想要一個人，但如果還有其他人就會感到安心」的人去的地方。

圖書館是即將展開人生的人，和已經走過漫長人生的人聚集的地方。

圖書館是想要向別人炫耀「我去了圖書館」的人去的地方。

圖書館是愛書人去的地方，圖書館也是喜歡「愛書人」的人工作的地方。

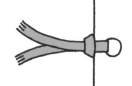

書店是
怎樣的地方？

書的專家們

1. 書店是…
   把好書送到讀者手上，
   為未來留下好書，
   讓好書不斷出現的地方，
   也是書的專家每天忙碌不已
   的地方。

2. 希望、失望、欲望、別人的人生、
   從未見過的風景、世界的祕密和另
   一個自己……書店這個地方可以買
   到這些原本用金錢買不到的東西。

3. 書店這個地方，隨時提供在
   網路上搜尋不到的新世界。

4. 也可以為未來誕生的名著投資。

5. 書店這個地方，隨時為新書
   準備了與讀者見面的空間。

6. 在書店這個地方，曾經得到書
   幫助的人，因為想要向書報
   恩，所以持續從事和書相關的
   工作。

嗯嗯…

這樣啊,
這樣啊。

行動書店?
嗯……

…我問你,
我以前看過一本書,
書上面介紹的是
行動書店…

啊!

是這一本嗎?

呼…

…大家應該
都這麼想。

希望很多人
都喜歡…

希望給很多人
帶來影響…

希望流傳後世…

希望讓他和她
刮目相看…

如果可以賺錢…

重版
出來！

大暢銷！

囊括各項
大獎！

…就好了…

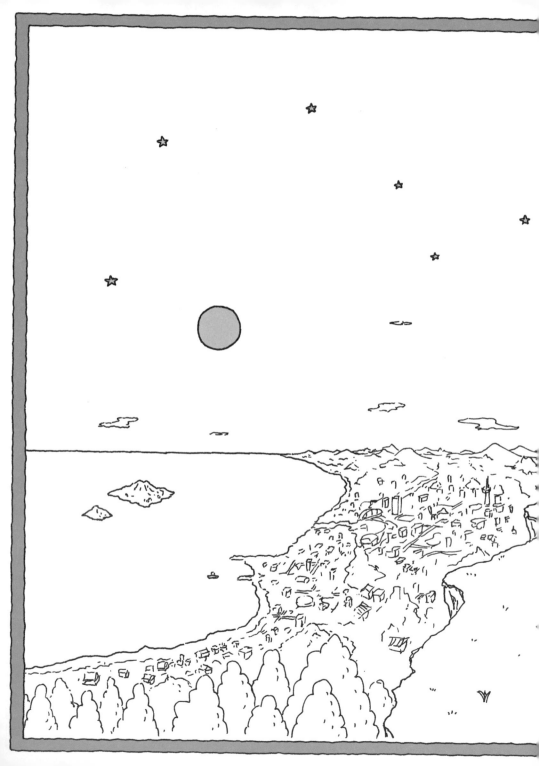

沒錯！沒錯！
就是這本！

我終於找到了！

嗯！嗯！

太好了，
太好了！

真的
太感謝你了！

你太客氣了，
我才應該謝謝
你的惠顧！

…哈～

書真是太有意思了…

嘰
…

…呃,
不好意思,
我聽說了傳聞,
來到這家店。

是、是,
歡迎光臨。

請問, 有「如何讓書
一定會賣翻天」的書嗎?

完

國家圖書館出版品預行編目資料

什麼都有書店 / 吉竹伸介作;王蘊潔譯. --
初版. -- 臺北市:三采文化,2018.09
面; 公分

ISBN 978-986-342-981-4(精裝)

861.59   107004585

作繪者

吉竹伸介 Yoshitake Shinsuke

1973年出生於神奈川縣。筑波大學大學院藝術研究系綜合造型學科修畢。

《這是蘋果嗎?也許是喔》獲得第六屆MOE繪本屋大獎第一名、第六十一屆產經兒童出版文化獎美術獎。《猜猜我在比什麼?》獲得第十屆MOE繪本屋大獎第一名。《我有理由》獲得第八屆MOE繪本屋大獎第一名。《脫不下來啊》獲得第九屆MOE繪本屋大獎第一名、波隆那兒童書展拉加茲童書獎特別獎。《爺爺的天堂筆記本》獲得第五十一屆新風獎。除此以外,還著有多部作品。現為兩個孩子的父親。

suncolor
三采文化集團

風格圖文 40

什麼都有書店

| 作繪者 | 吉竹伸介(Yoshitake Shinsuke) | 譯者 | 王蘊潔 |

副總編輯|蔡依如　責任編輯|姜孟慧　版權經理|劉契妙
美術主編|藍秀婷　封面設計|徐珮綺　美術編輯|曾瓊慧

發行人|張輝明　總編輯|曾雅青　發行所|三采文化股份有限公司
地址|台北市內湖區瑞光路 513 巷 33 號 8 樓
傳訊|TEL:8797-1234　FAX:8797-1688　網址|www.suncolor.com.tw
郵政劃撥|帳號:14319060　戶名:三采文化股份有限公司
初版發行|2018 年 9 月 28 日
2 刷|2019 年 8 月 16 日　定價|NT$360

Arukashira Shoten
by Shinsuke Yoshitake
Copyright © Shinsuke Yoshitake 2017
All rights reserved.
The original Japanese edition is published in 2017 by POPLAR Publishing Co., Ltd.
This traditional Chinese edition is published by rights and production arrangement with
POPLAR Publishing Co., Ltd., Tokyo, Japan through Pont Cerise llc and Bardon-Chinese Media Agency Co., Taipei, Taiwan ROC